Für Roland

ROLAND REBER

Das Buch des Löwen

aufgezeichnet
aus der erahnten Erinnerung
1992

Eine Nacht im Jahr 1992.
Etwas möchte zu Papier gebracht werden. Roland Reber setzt sich an den Computer, lässt seinen Fingern und Gedanken freien Lauf. »Das Buch des Löwen hat sich quasi selbst geschrieben«, so Reber über diesen symbolischen Text. »Die Deutung liegt bei jedem selbst.«

1

DIE MONATE DES LAMMES

I.

Kapitel 1 Vers 1

Und als die Tage des Löwen zu Ende gingen, kamen die Monate des Lammes.

Und man schlug die, die stark gewesen waren, und man erhörte nur noch die, die gefolgt waren dem Metzger, der sie rief.

Und ein großes Feuer wurde ausgetreten in der Nacht.

Und die Dunkelheit wurde fast allmächtig.

Zitternd standen nun die Lämmer da, und kein Hirte war, sie zu führen. Und als es kalt wurde in der feuerlosen Nacht, gingen sie eng zueinander, um sich Wärme zu geben und Trost. Doch es ging nur Kälte aus von ihren Leibern. So erfroren viele in diesen Monaten. Oder aber, wenn der Morgen kam und sie zur Schlachtbank gerufen wurden, stellten sie sich auf in Reih und Glied und folgten ihrem Untergang.

Das Messer lobten sie, bevor es sie stach.

Und den Schlächter priesen sie in Liedern voller Klang, die tonlos verhallten in der endlosen Stille des Todes.

Kapitel 1 Vers 2

»Es ist Heil über uns gekommen durch den Tod«, sprachen die Lämmer.

»Es ist Ordnung geschaffen worden aus dem Chaos«, antworteten die Metzger.

Und ein großes Feuer wurde ausgetreten, so dass die Nacht dunkel und kalt geworden war.

Und als der dritte Monat anbrach, in dem das Schlachten kein Ende nehmen wollte, sprachen die Lämmer: »Gelobt seist du, Messer, das uns sticht. Gepriesen seist du, Metzger, der uns holt. Und heilig, heilig sei die Stätte, auf der wir unser Blut vergießen am Tage des Todes.«

Und ein Schweigen lag in der Luft wie aus hartem Stein.

Kapitel 1 Vers 3

Im dritten Monat der Lämmer ertönte eine Posaune in der Stille und niemand konnte sie hören.

Und eine Trommel wurde geschlagen in der Nacht und keiner vernahm sie mehr.

Und eine Geige flehte um Gnade, doch kein Ohr war da, sie zu erhören.

Und eine Stimme erhob sich aus dem Nichts und sprach: »Liebe«.

Aber die Lämmer waren gestorben und die Metzger weitergezogen.

Und leer war das Land.

Und leer war der Stall.

Und leer die einst saftig grüne Wiese.

Und das Schweigen hing wie eine vergessene Melodie über den Leichen.

Kapitel 1 Vers 4

Und der leere Raum hallte wider von all der Sprachlosigkeit.

Und unerhört verstummte der letzte Bläser.

Und das große Feuer war ausgetreten, und nur noch Kälte lag über den gelblichen Feldern, aus denen der Schimmel wuchs. Und kein Himmel erbarmte sich der Kreaturen.

Und kein Gott erweckte sie aus ihrem Grabe.

Nur totes Gebein bedeckte die Erde bis zu den Wolken, so als wollte Vater Tod einen Turm bauen zu Gott, um ihm zu zeigen, was geschehen war in der Zeit der Lämmer.

Aber Gott war nie gewesen.

Und ein götterloser Himmel breitete sich aus von Horizont zu Horizont.

Kapitel 1 Vers 5

Und mit den Lämmern starb die Musik und die Sprache und das Lachen und der Tod.

Und als der Tod gestorben war, erhob sich ein Grashalm aus der dürren Erde und reckte sich der matten Sonne entgegen, die ihn verbrannte.

Und kein Tod war mehr und kein Leben.

Und die Erde drehte sich weiter, so als ginge es sie nichts an, was auf ihr geschah.

Und nur der Wind blieb ewig und blies seine Trauer in das leere, öde Land.

2

DIE TAGE DES LÖWEN

U.M.23

Kapitel 2 Vers 1

Und nachdem eine Zeit der Zeitlosigkeit verstrichen war, erhob sich erneut ein Löwe aus dem Nichts, das seine Heimat war und sein Quell.

Und der Löwe richtete sich auf und brüllte seine unbändige Lust hinaus in das lustlose Land.

Und die Triebe wurden erneut geboren, und der Liebe ungezähmte Grausamkeit erwachte erneut.

Und der Löwe hatte 28 Zähne in seinem Maul.

Und dies war die Zahl 7, viermal für jede Richtung des Himmels zeugend. Und aus allen vier Richtungen tanzte der Wind ihm seine Hochachtung in den offenen Rachen.

Und Lust umfing die dürre Erde wie ein Beben voller Angst und Freude.

Kapitel 2 Vers 2

Hingeworfen war alle Trauer und vergessen alle Sorgen, und das Getier kam aus dem Nichts, dem Löwen zur Freude.

»Seht, ich bin gekommen, Lust zu bringen und Angst. Und alle Tiere sollen Untertan sein meinem Willen. Doch sehet auch, so wie ich beiße, so liebkose ich euch auch. Und meine Zärtlichkeit kann Tod oder Freude für euch sein«, so sprach der Löwe zu den Kreaturen und sie schrien laut auf voller Zustimmung.

Kapitel 2 Vers 3

Und die Erde füllte sich wieder mit Leben, und das Wasser nahm wieder auf den Fisch, sowie der Himmel empfing den Vogel und der Boden jene, die auf ihm liefen.

Eine Wolke öffnete sich und ergoss ihr Wasser auf die Erde, die es dankbar aufsog und Nahrung gab dem Getier.

Und die Halme der Gräser waren wieder saftig grün.

Und Vater Tod kam wieder und feierte Hochzeit mit seiner Braut Lust.

Der Löwe aber stieg stolz auf die Spitze des höchsten Berges und entfachte das Feuer, das so lange ausgetreten war.

Kapitel 2 Vers 4

Und das Feuer loderte auf und wurde gesehen von allen Tieren, die es begrüßten, jedes auf seine Art.

Der Vogel stieß einen hohen Laut in den wolkenlosen Himmel, der Fisch zog einen Kreis, so vollkommen wie ein Zeichner auf weißem Papier, die Säugetiere brüllten, heulten, jaulten und priesen den Entfacher des Feuers.

Und das Tier Mensch baute eine Kathedrale aus Ton, wissend, dass der Stein zu lange besteht, und sich offenlassend einen Weg zu einem anderen Gebäude.

All dies sah der Löwe auf seinem Berg, neben dem Feuer sitzend, und sagte zu Vater Tod: »Siehe, alles, was lebt, lobt meine Tat. Wohl wissend, dass ich gekommen bin, Lust zu bringen, aber auch Verderben. Nur das Tier Mensch hält offen sich einen Pfad zu jubeln jetzt und zu verdammen dann.«

Und der Tod neigte sein ewig junges Haupt zum Ohr des Entfachers und flüsterte leise: »Sie sind es nicht wert.«

Und der Löwe dachte lange darüber nach, sein Haupthaar im Winde sich bewegend, und sagte dann zu sich selbst: »Oder aber sie sind noch zu dumm, um zu begreifen, dass der, der gekommen ist, ihnen Leben zu geben, auch der ist, der gekommen ist, sie zu vernichten, auf dass sie leben. Denn nur im Untergang blüht Entstehen, und nur im Verderben blüht die Blume der Schönheit.«

Kapitel 2 Vers 5

Und die Menschen setzten Priester ein, die preisen sollten die Tat des Feuerentfachers.

Der Löwe sah es wohl und fragte sich, warum nicht jeder von ihnen das Amt auf sich nehme, sondern es delegiere.

Und die Menschen sandten einen Boten zu ihm, der sprach: »Nur wenige wissen dich richtig zu ehren. Und jene haben wir auserwählt, den Dank dir darzubringen, du großer Entfacher.«

Und der, der über alle Lust gebietet, antwortete ihnen: »Von allen Tieren mochte ich euch am meisten. Weil ihr die Unwissendsten wart unter den Tieren. Aber jetzt beginne ich euch zu hassen, denn ihr begreift nicht wenig, sondern nichts. Nämlich nicht zu verehren verlange ich, sondern zu begreifen. Ihr aber verwandelt meine Tat in Lehm und meine Kraft in Gesetze und meine Lust in Regelwerk. Seht ihr nicht die Fische oder die Vögel, ja seht ihr nicht den einfachen Wurm in der Erde? Alle nehmen die Lust zum Leben, aus dem der Tod wie ein Bruder heraustritt, als Natur an. Ihr aber, ihr Dummen, baut Steine um die freie Luft und Mauern um das Feld des Feuers. Wie wollt ihr atmen in euren Kerkern, wie wollt ihr euch wärmen hinter all den Wällen aus Stein?«

Da töteten die Menschen den Entfacher und sagten, sie hätten das Feuer gebracht und die Wärme.

Und erneut wurde es kalt.

Und Vater Tod blickte auf zum götterlosen Himmel und weinte um des Löwen Gedächtnis.

Und aus seinen Tränen wurde Wut, und der Krieg war seine Sprache und die Toten seine Rache. Und Verderben kam ohne Lust. Und der Untergang kam ohne Erregung.

»Für dich habe ich es getan, Löwe«, sprach Vater Tod. »Damit das Tier Mensch begreife seine Untat. Und dass gesühnt werde seine Anmaßung.«

Und die Erde füllte sich mit dem Geschrei der Mütter, die um ihre erschlagenen Kinder weinten, und mit dem Jammer der Väter, denen man die Töchter raubte, um sie zu schänden.

Und ein götterloser Himmel blieb leer und stumm, so als wollte er schweigend Protest geben und ein Denkmal bauen aus Schweigen für den, der das Feuer brachte, aus dem Lust und Tod geboren wurden.

3

DIE JAHRE DER PRIESTER

Kapitel 3 Vers 1

Und die Priester wollten ernennen einen Oberen, der sie führen sollte und anleiten in ihrer Einsamkeit.

Denn es war eine große Leere in ihre Herzen gezogen.

Und die Leere füllte alles aus, was in ihnen war.

Und Tränen gab es viele und Schreie gequälter Kreatur.

Kälte überzog das Land, und keiner von den Menschen wusste, wie zu entfachen war das Feuer.

Und sie hielten Rat, Tag und Nacht.

Und sehet, die Nacht war gleich geworden dem Tag und der Tag gleich geworden der Nacht. Keinen Unterschied mehr gab es, weil Kälte war in der Sonne und unter dem Monde.

So suchten denn die Priester nach einem Oberen, der sie führen sollte und entbrennen eine Flamme in der Nacht, die verschlungen hatte den Tag.

Kapitel 3 Vers 2

Aber es wollte sich keiner finden, obgleich sie versprachen das Blau des Himmels und das Rot des erloschenen Feuers.

»Suchet einen anderen als mich«, sagte ein jeder, der gefragt ward, ob er übernehme die Bürde des Amtes.

»Wir wollen dir gehorchen, dir folgen, und alles geschehe nach deinem Wunsche«, sagten die Priester ohne Glauben zu jedem, den sie fragten.

Und kein Glaube war in ihnen, und des Glaubens Tochter, die Hoffnung, zeigte sich nicht.

Und das Feuer blieb ausgetreten und der Tag dunkel, gleich der Nacht.

Kapitel 3 Vers 3

Da wurde geboren ein Junge, dessen Haar war rot wie das Feuer, dessen Augen waren grau wie die eines Wolfes, und sein Gemüt war kalt wie erloschene Glut.

Und seine Mutter war keine Jungfrau gewesen und sein Vater unbekannt. Geschwister hatte er, der Nachgeborene, drei, und er erdrosselte sie im Kindesalter, kaum dass er gehen konnte. Und seine Mutter begehrte er und nahm sie in seinem zwölften Lebensjahr zur Frau. Und sie ward schwanger von ihm.

Er aber erschlug das Neugeborene und sagte: »Keiner soll mir gleich sein oder an meiner Seite. Ich bin der, der ich sein werde. Und ich werde sein, der euch führt.«

Und nachdem er auch seine Mutter erschlagen, ging er zu den Priestern und sagte ihnen: »Wo ist euer Glaube? Versucht nicht, zu antworten, denn ihr wisst es nicht. Versucht nicht, zu erzählen der Väter Geschichten und der Mütter Gerüchte oder der Kinder Narreteien. Ihr habt keinen Glauben und werdet ihn auch nicht finden, es sei denn durch mich. Denn ich bin der Bringer der Botschaft, und nur ich kenne das geheime Wort.«

Kapitel 3 Vers 4

Und die Priester neigten ihr Haupt vor ihm und priesen ihn ohne Unterlass.

Er aber ging für 7 Jahre in das Namenlose.

Und niemand wusste, wo dies war.

Aber alle warteten auf seine Rückkehr und sagten jeden Morgen: »Der Tag wird kommen, an dem der Bringer der Botschaft heimkehrt aus dem Nichts, uns zu bringen den Glauben, zu füllen unsere leeren Herzen und zu begründen den Kult.«

So warteten sie und schlachteten jeden Morgen ein Kind und erschlugen jeden Abend eine Mutter.

Denn gleich wollten sie sein ihrem Erlöser, der in der Fremde weilte, die keinen Namen hat.

Kapitel 3 Vers 5

Und als 7 Jahre vorüber waren, erschien der Bringer der Botschaft auf einem kahlen Hügel, und die, die ihn sahen, fielen auf die Knie und erflehten, ein Wort zu vernehmen aus seinem Munde. Er aber stand, einer Säule gleich, sein schwarzes, langes Haar im Winde wiegend, auf der Kuppe des Hügels und blickte sie nur an.

»Sieben Jahre haben wir gewartet«, sprach der Älteste unter den Zuschauern zu ihm, »und kein Tag verging, da wir nicht opferten Kind und Mutter, wie es der Brauch ist seit deiner Abkehr.«

Und da nahm der Bringer einen Stein, den er weit von sich warf, und der auf die Erde aufschlug, einem Donner gleich, ein kleines Kind unter sich erschlagend.

»Saht ihr den Stein, leblos in sich und doch fähig, Lebendiges zu erschlagen? Und wie der leblose Stein erschlug das Kind, so können tote Worte erschlagen des Menschen zerbrechliche Hülle. Und wahrlich, ich bringe euch Worte. Mehr, denn Steine liegen auf diesem Hügel.« Da blickten alle ihn an, vom Kinde bis zum Greis.

Das war der Augenblick, in dem der Glaube die Erde betrat wie ein Kind erschlagender Stein.

4

DIE ZEIT DER GESETZE

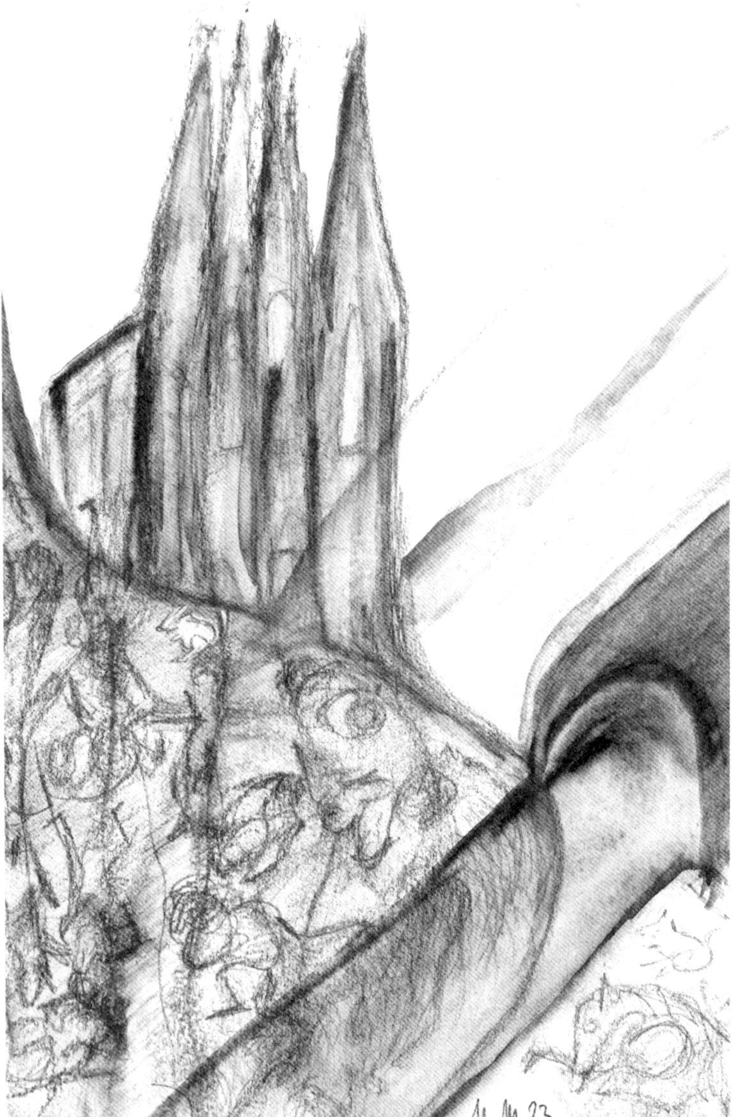

Kapitel 4 Vers 1

Und der Bringer wurde bestimmt zum Obersten Priester.

Das Amt annehmend, forderte er absoluten Gehorsam.

Und er setzte sich in einen Raum, welcher 7 Ecken hatte, und dachte dort nach, 4 Monate lang.

Und als ihn ein Priester fragte, warum er säße vom Morgen bis zum Abend, antwortete er: »Vier Monate will ich denken in einem Raum mit sieben Ecken. Denn hast du vergessen die Anzahl der Zähne in des Löwen Maul?«

Darauf erschlug er den Fragenden mit Freude.

Kapitel 4 Vers 2

Und er schrieb auf die Gesetze, Wort für Wort. Und jedes war wie der kindertötende Stein.

Zusammenfügend das Geschriebene, entstand das Buch der Bücher. Und der Bringer nannte es: ›Das Buch vom Feuer‹.

Und Kälte war immer noch.

Doch wer die Kälte beim Namen nannte, wurde geblendet, und wer »Hunger« sagte, erwürgt, wer Tränen zeigte, in den Fluss geworfen, und wer an Lust dachte, kastriert.

Denn so wollte es das ›Buch vom Feuer‹, welches heilig galt in jenen Tagen.

Kapitel 4 Vers 3

Und mächtige Kathedralen wurden erbaut, auf dass das Buch verkündet werde den Menschen. Und Schlachthäuser wurden gebaut, um die Opfer darzubringen dem neuen Glauben.

Und wer nicht glaubte, wurde erhängt.

Und wer glaubte, wurde geschlagen.

Denn so wollte es das Buch und sein Schreiber, der als heilig galt in jenen Tagen.

Und der Bringer bestimmte eine Kaste, die ihm allein unterstellt war und Herrscher über alle anderen.

Und er ernannte einen Rat aus 28 alten Männern, die ihm beistehen sollten bei seinen Entschlüssen. Doch wer ihm widersprach im Rat der 28, der wurde gevierteilt, und sein Name wurde ausgelöscht vor der Geschichte.

Kapitel 4 Vers 4

Und der Bringer wurde 49 Jahre alt. Am Tage seiner Geburt, als man ihn feiern wollte nach Gebühr, fanden ihn seine Diener tot in dem Allerheiligsten aus reinem Granit, welches seine Wohnstätte war.

Und berichtet wird, dass gefunden worden seien an seinem Körper Bisse, tief und blutig, wie die eines Raubtiers. Zerfleischt sei er gewesen, sagte der Diener, der ihn gefunden.

Und die 28 Räte zogen sich lange zurück, um zu beraten.

»Tief sind seine Wunden. Gerissen wie von einem wilden Tier«, sagten sie immer wieder und fanden keine Erklärung.

Der blinde Bettler aber, der vor der Stadt seine Erdhöhle hatte, erzählte dem Lahmen, der sein Nachbar war und Freund, er habe einen Löwen gesehen in jener Todesnacht.

Der Lahme aber fragte: »Wie kann ein Blinder einen Löwen sehen?« Und der Blinde antwortete: »Wenn nicht ein Blinder, wer dann?«

Kapitel 4 Vers 5

Und es wurde ein großes Leichenbegräbnis, an dem alles Volk teilnehmen musste.

Und Lieder aus dem ›Buch des Feuers‹ wurden angestimmt, grausame, kindtötende.

Aber in den Herzen der Menschen war keine Trauer und keine Freude. Noch nicht einmal Erwartung war in ihren Herzen.

Und die 28 Räte zogen sich zurück, um einen zu wählen, der nachfolgen sollte dem Toten.

Weit hinter der Stadt aber, dort, wo der hohe Hügel stand, der kahle, sang der blinde Bettler seinem lahmen Freund ein Lied.

Und dem Sänger war, als hörte hinter dem Hügel der Löwe seine Melodie.

5

DIE LIEDER
DES BLINDEN SÄNGERS

Kapitel 5 Vers 1

Der Blinde aber ging mit seinem Freund, dem Lahmen, in die Wüste, das leere Land, um ihm dort Lieder zu singen voller Poesie und Klang.

Und als der Lahme ihn fragte, warum er sänge in der Zeit der Trostlosigkeit, erwiderte der Sänger: »Wenn der Himmel keinen Gott und die Menschen kein Erbarmen haben mit sich selbst, muss da nicht das Lied ein Retter sein uns Kreaturen, die nicht von Göttern verlassen, sondern götterlos hineingeworfen wurden in eine Welt, die ihren Sinn erst durch uns erhält? Und da wir keine Stimme haben dürfen zu sprechen, singe ich.«

Und so entstanden des blinden Sängers Lieder in der Wüste, die, wenn auch nur in Teilen aufgezeichnet, auf uns gekommen sind durch jenen Lahmen, der des Schreibens kundig erkannte ihre Bedeutung und sie überlassen wollte denen, die vielleicht in eine bessere Welt geboren werden dereinst.

Kapitel 5 Vers 2

Erstes Lied des Blinden:
»Und das Feld war voll von Raben
mit schwarzen Federn
und Schnäbeln aus Eisen
und Krallen aus Erz.
Und Schreie stießen sie aus
voll Hass und Gier.
Des Wanderers Weg war steinig
und meist ohne End.
Vorüberziehend am Felde,
wusste er sehr wohl,
dass auf die Mahlzeit warteten
die schwarzen Vögel,
und er die Nahrung sei für das Getier.
Und flehend schaute er auf
in einen Himmel ohne Gnade,
aus dem kein Trost kommt
und kein Wort des Erbarmens.
Fallend wusste er, dass es zu Ende ging,
den Vögeln zur Freude.
Der größte unter den Raben aber
stieg auf, hoch in die Lüfte,
und die anderen folgten ihm,
ohne zu achten auf den
ermatteten Leib des Gefallenen.
Und das Feld war leer
und der Wanderer allein.
Darauf verwunderte er sich sehr
und verspürte ein ihm unbekanntes Gefühl,
das er ›Hoffnung‹ nannte.«

Kapitel 5 Vers 3

Zweites Lied des Blinden:
»Müde sind meine Beine
und leer mein Bauch
und schweißgebadet mein Körper.
Doch ich gehe und gehe und gehe.
Trauer ist in meinem Herzen
und Mattigkeit ist in meinem Geist
und Angst in meiner Seele.
Doch ich gehe und gehe und gehe.
Denn ich habe die schwarzen Vögel
auffliegen sehen,
mich schonend
ohne Grund.
Und so schreite ich weiter
meinen Weg,
dem unbekannten Ziel entgegen.
Mit Staunen im Sinn,
ob der schwarzen Raben
unverständlicher Gnade,
gehe ich und gehe und gehe.«

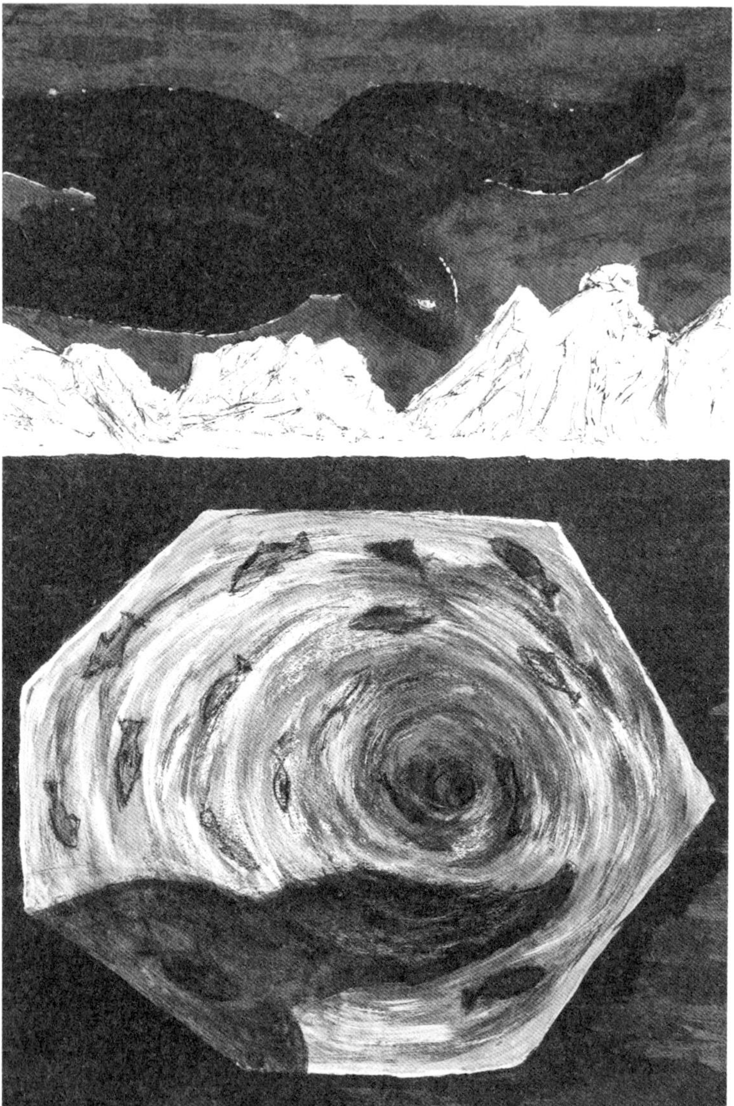

Kapitel 5 Vers 4

Drittes Lied des Blinden:
»An einem trockenen Brunnen
kam der Wanderer an,
durstig und sich nach Wasser sehnend.
Und sehen seine Augen
auch keinen Tropfen,
so weiß er doch,
dass Wasser füllen das Innere der Erde.
»Und gibst Du mir nichts, Brunnen,
so bin ich Dir nicht böse.
Denn was Du nicht besitzt,
kannst teilen Du nicht mit mir.
Doch wie der schwarzen Vögel
unverhoffte Gnade mich traf,
so wird auch das innere Wasser
Dich eines Tages vielleicht füllen.
Und dann will ich zurückkehren,
und Du wirst mit mir teilen.«
So sprach der Wanderer
zum Brunnen,
und dieser zeigte
stumm
seine Zustimmung.«

Kapitel 5 Vers 5

Und der Lahme zeichnete auf mehr denn 700 Lieder, die er aufschrieb in seiner Seele, welche ein Buch war mit vielen Seiten.

Und viele Jahre zogen der Blinde und er durch die wasserlosen Wüsten, den leeren Brunnen Lieder singend und zuwinkend den Raben, denen sie dann und wann begegneten.

Eines Tages aber starb der Lahme und sein Körper lag in der brennenden Sonne.

Der Blinde weinte sehr und rief dann laut in den Himmel:

»Komm, Bruder Rabe, und hole dein Mahl. Denn hingeworfen liegt der Leib und nutzlos geworden ist die Hülle, war sie doch nur der Seele zerbrechlicher Schutz. Jetzt soll die Hülle euch Nahrung sein und ihm ein Grab. Und wenn du, Bruder Rabe, aufsteigst mit all deinen Gefährten, so werdet ihr ein Stück von ihm mit euch tragen, und er wird sehen, im freien Gleiten durch winddurchwirkte Luft, wie schön es ist, wenn statt der lahmen Beine Flügel tragen seine nie gekannte Lust. Und hoch oben, über erdgebundener Kraft, wird er in euch den weiten Blick gewinnen, den Erdenkriecher wie der Mensch im Traum nur ahnen und doch nie erreichen. So komm denn, Bruder Rabe, und trage fort ihn in ein unbeschwertes Schauen, und trage ihn fort, eh meine Tränen nässen nur noch leblos Hüll und sinnlos Schutz der längst entwichenen Seele.«

6

DIE GEFÄHRTEN

Kapitel 6 Vers 1

Die Jahre zogen dahin wie träges Wasser in einem sumpfigen Loch. Und der blinde Bettler zog, dem einsamen Wanderer gleich, alleine durch die leeren Wüsten und ohne Gesang auf seinen Lippen. Denn niemand war mehr, zu lauschen. Nur in seinem Herzen sang noch eine kleine Melodie still vor sich hin. Seine Lippen aber blieben geschlossen, und niemand kam ihm zum Gefährten auf dem Weg. So flossen die trägen Jahre dahin und klebten sich auf seiner Haut fest, die alt geworden.

Eines Tages nun, im Monat der Hyänen, traf der Blinde auf den Tauben, der auf einem Stein sitzend auf Vater Tod wartete, der nicht kommen wollte. Und der Blinde berührte den Tauben und dieser folgte ihm, glaubte er doch, Vater Tod getroffen zu haben.

Nachdem der Blinde des anderen Gebrechen erfahren, sagte er zu sich selbst: »Seit vielen Jahren habe ich keinen getroffen, dem ich singen könnte ein Lied. Und jetzt, da menschlich Kreatur entgegentritt mir in der tonlosen Wüste, ist er taub. Ist denn kein Ohr im ganzen Universum, das meine Klagen hören will? Und warum, Schicksal, schickst du einen Tauben einem Blinden zum Gefährten?«

Und als keine Antwort kam, nahm der Blinde den Tauben bei der Hand und sie gingen zusammen weiter durch all das leere Land.

Kapitel 6 Vers 2

An einem Morgen, der wie alle Morgen war, sprach der Taube zu dem Blinden: »Gefährte, den ich nicht hören kann, schreibe mir mit deinem Finger auf den Rücken, warum du mich mitnimmst auf deinem Marsch ins Nichts. Glaubt ich doch am Anfang, du seist der Tod, so weiß ich doch jetzt, dass du nur blind bist und einsam auf deinem Weg.«

Nachdem der Bettler lange nachgedacht, antwortete er, indem er mit seinem Finger auf den Rücken schrieb: »Hoffe!«

Doch der Taube kannte das Wort nicht und schämte sich, es zu sagen.

Kapitel 6 Vers 3

Zusammen verging ihnen die Zeit, und zusammen ergraute ihr Haar.

Und als der Tag des Abschieds kam, sagte der Taube zum Blinden: »Gefährte, ich fühle, Vater Tod berührt meine Schultern. So lass uns Lebewohl sagen, denn meine Zeit ist vorüber.«

Nachdem der Blinde lange geschwiegen, schrieb er auf den Rücken des Tauben: »Hoffe!«

»Ja«, sagte dieser aus Höflichkeit und starb.

Kapitel 6 Vers 4

Da kam Vater Tod, ihn zu holen, und traf den Blinden an seiner Seite.

»Hast du kein Lied für mich, Blinder?«, sagte er zu dem Bettler.

Und dieser antwortete: »Den Lebenden sänge ich gerne, du aber, Vater Tod, bist selbst ein Lied. Was brauchst du meine Weisen?«

Und der Tod berührte des Blinden Hand, so als wollte er ihn führen, und sprach: »Singe mir ein Lied, blinder Mann, und du sollst mich nie wiedersehen.«

Der Blinde aber drehte sich nur um und ging stumm von dannen.

Als er viele Meilen gegangen war, sagte er zu sich selbst: »Ein Narr wär ich gewesen, hätt' ich dem Tode auf ewig ›Nein‹ gesagt. Denn häng ich zwar am Leben, das Dunkelheit nur für mich ist und eine kleine Melodie, doch wie ein schönes Lied, so will auch ich mal enden, denn ewig lebt nur Qual und Monotonie.«

Kapitel 6 Vers 5

Und als die Zeit gekommen war für den blinden Sänger, sich zum Sterben hinzulegen, rief er in das leere Land: »Vater Tod, ich habe ein Lied für dich.«

Und Vater Tod kam und legte sanft seine Hand in die des Bettlers. Und dieser sang:

»Vorbei, vorbei die lange Wanderung.
Der Abend neigt sich nun auf meine
Schultern wie eine Säule aus Erz,
und ich will mit Dir gehen,
mit Dir gehen.«

Da sagte Vater Tod zu ihm: »Verraten will ich dir noch ein Geheimnis: Der Löwe war's gewesen in der nämlichen Nacht. Du hast es wohl bemerkt. Und kein Lebender darf je dies Wissen teilen.«

»Und warum sagst du es mir dann?«, fragte der Blinde.

»Weil du kein Lebender mehr bist, Bruder.«

Und Nomadenkinder fanden Tage später die seelenlose Hülle nahe einer Oase und wunderten sich sehr ob der Fröhlichkeit, die das Lachen in das Gesicht des Toten geschrieben hatte.

7

DIE JAHRE DES VERGESSENS

Kapitel 7 Vers 1

Und nachdem der Blinde tot war, war auch gestorben aller Gesang und jedes Lied und jegliche Melodie auf Mutter Erde.

Und mit dem Gesang starb auch das wenige Lächeln, das noch vorhanden gewesen war, obgleich nur in den verborgenen Winkeln und wenn es niemand sah.

Auch die Hoffnung wurde mit dem Blinden davongetragen von den schwarzen Vögeln.

Und hoch in den Lüften ließen sie Kot ab.

Der war aber voller Reste des zuvor Verschlungenen.

Und so fielen die Reste der Hoffnung, die wie eine kleine Melodie gewesen, auf die Erde, und ihr Geruch stieg wieder auf in den brennendheißen Himmel.

Kapitel 7 Vers 2

Und kaum jemand lebte, der erinnern konnte sich an die Zeit des Löwen.

Nur Gerüchte zogen leise geflüstert durch die ärmlichen Hütten der Verfolgten.

Und viele wussten noch nicht einmal mehr, ob es ein Löwe oder ein Wolf gewesen. Denn schwach ist der Menschen Erinnerung, nicht immer zu ihrem Schaden. Denn wo keine Erinnerung mehr ist an bessere Zeiten, da ist auch keine Trauer ob des Verlorenen, sondern, einer Gnade gleich, zieht achtlos Vergessen den Vorhang über nicht erreichbares Ziel.

Und auch der blinde Sänger wurde bald nicht mehr erkannt, wie er gewesen, sondern erzählt nur in der Menschen schwachem Erinnern, dargestellt als einer, der gewesen und getan, was niemand richtig mehr zu sagen wusste.

Und so starb mit der Hoffnung auch die Erinnerung, und vergessen wurden Sänger und Löwe.

Und nur der Wind blies manchmal seine namenlose Trauer wie eine nicht erzählte Geschichte über die Köpfe der Zurückgebliebenen, nicht zum Troste, mehr zur Mahnung dienend.

Kapitel 7 Vers 3

Hinflossen die Jahre, und verrinnend starb jegliches Erinnern.

Nur in den abgelegensten Winkeln des unendlichen Reiches behaupteten die Nomaden, in der Nacht die Silhouette eines Löwen zu erkennen.

Ihre Ältesten aber wiesen sie an, zu schweigen, damit die Priester, welche immer noch nach einem Nachfolger suchten für den Bringer, sie nicht steinigten nach dem Gesetz. Denn fast allmächtig war der Arm geworden, der ausging vom Körper der Priesterschaft.

Und die Priesterschaft setzte ein eine Armee ohne Uniform, die durchziehen sollte das Land und finden jene, die verstießen gegen das Gesetz. Und das Gesetz, wie es aufgeschrieben war im ›Buch des Feuers‹, war allumfassend. Sagte es doch dem Kinde, wie es wachsen, und dem Greise, wie er sterben solle nach rechter Art.

Kein Sinn war zu finden in all den Worten und doch folgte jeder ihren Klängen.

»Warum steht geschrieben, dass wir nicht denken sollen in der Nacht und nicht grübeln am Tage, da die Worte doch nicht zu verändern seien?«, fragte ein unschuldiges Kind in dem abgelegenen Dorfe am Rande der nördlichen Wüste.

Und einer aus der Armee der Priester hörte dies und ließ das Kind steinigen, nachdem es gefoltert worden war neun Tage lang.

»Ich will nicht töten mein Zweitgeborenes wie es geschrieben steht im ›Buch des Feuers‹«, sagte eine Mutter aus der Zentralebene nahe dem versiegten Brunnen.

Und die Häscher schlugen sie tot und nannten es Barmherzigkeit, weil sie auf die Folter verzichtet hatten.

Kapitel 7 Vers 4

Und so kam wieder eine große Sprachlosigkeit über die Menschen. Der Worte kundig, gebrauchte sie doch niemand mehr.

Denn zu gefährlich war es, sie zu nutzen.

Und tagelang überlegte der Vater, was er sagen solle seinem Kinde. Und tagelang überlegte die Frau, was anzuvertrauen wollte sie ihrem Mann. Denn, wenn die Worte falsch gewählt oder falsch verstanden, dann drohte blut'ge Folter dem Sprechenden. Und selbst die Kinder spielten nicht mehr, konnte doch der Abzählreim, den sie benutzten, ein Wort enthalten, das erregte der Priester Ungemach.

Aus jenen Tagen wird berichtet, dass ein Mädchen aus den wasserlosen Wüsten eine Sprache erfunden habe, nur aus der Hände Zeichen. Weil in dem ›Buch des Feuers‹ war nichts geschrieben über die luftgeschriebene Sprache.

Und diese Zeichen wurden weitergelehrt vom Vater auf die Tochter und von der Mutter auf den Sohne. Und die Menschen standen nun gestikulierend da, um sich zu zeigen, was sie nicht zu sagen wagten.

Dem Rat der 28 ward dies gemeldet im Monat der Ratten, worauf sich die alten Männer sofort zusammensetzten zu einer großen Besprechung.

Und am nächsten Morgen verkündeten sie, dass jeder, der benutze die Hände als der Zunge Helfer, abgeschlagen bekomme drei Finger beim ersten und die ganze rechte Hand beim zweiten Male, dass man ihn erwische.

Und im ersten Monat, der dem der Ratten folgte, also im Monat der Spinnen, sagen die alten Aufzeichnungen, habe man in den östlichen Gebieten mehr denn 7000 Finger und mehr denn 700 Hände gefunden.

Von diesen Tagen an gingen die Menschen nur noch mit den Händen hinter dem Rücken verschränkt oder vor der Brust gekreuzt.

Und im Monat der Kakerlaken wurde dies allgemeines Gesetz.

Kapitel 7 Vers 5

Und dem ›Buch des Feuers‹ wurde vom Rat der 28 noch ein ›Buch der Regeln‹ beigefügt, von dem der Sprecher des Rates sagte, der Bringer hätte ihm dies diktiert in der Zeit, als er noch lebte.

Und keiner wagte, zu zweifeln an dem Wort, obgleich ein jeder wusste, dass es gelogen war.

Aber da geschrieben stand im ›Buch der Regeln‹: »Nie spricht Lüge, wer angehört dem Rat. Und niemals kann irren, wer Sitz und Stimme hat unter den Achtundzwanzig«, wagte niemand zu erheben auch nur ein Wort.

Und von diesem Moment an entstanden neue Bücher, ohne Zahl. Und ein jedes machte das Leben enger, und jedes beraubte mehr von der Luft, die zu atmen den Menschen gegeben war. Und ein jedes baute auf neue Mauern, einzusperren die Herde Mensch. Und ein jedes ward ›heilig‹ genannt in dieser unheiligen Zeit.

Und die Armee der Priester stieg an auf siebzigtausend Mann, die in vier Abteilungen aufgeteilt waren, die da hießen mit Namen:

GEHORSAM,
ANGST,
SCHWEIGEN und TOD.

Und jeder Abteilung wurde vorangetragen ein Banner mit einem schrecklichen Zeichen. Und jede Abteilung wurde befehligt von einem Manne, der erschlagen haben musste seine Geschwister und seine Mutter, auf dass er würdig sei des hohen blutigen Amtes. Tag für Tag marschierten sie durch die Lande, kindtötend und muttermordend, und keiner der Lebenden gebot ihnen Einhalt.

Aber an wolkenverhangenen Tagen, wenn der Abend sich nahte, konnte man auf einem kahlen Hügel manchmal eine Gestalt erahnen. Und die Gestalt hatte die Umrisse eines kleinen Tiers, das vielleicht nur ein vom Wind geformter Felsen war.

Oder aber es war ein junger Löwe, der sein noch keimendes Haupthaar in den Wind hielt und aufriss sein Maul.

Noch kam kein Schrei unbändiger Lust aus seiner Kehle, noch jagte heißes Begehren nicht durch die Luft und keine Hoffnung wurd' vom Wind getragen in der Menschen erkaltetes Herz.

Nur ein Wort, das nicht verboten, machte schnell den Weg von Mensch zu Mensch. Und dieses mächtige, zukunftsschwangere, erflehte und erlebte Wort hieß:

NOCH.

Hier endet das Buch des Löwen.

DAS BUCH DER PROPHEZEIUNGEN

Fragment

(1992)

Help...
Hilfe...
И.М.
23.

Das Buch der Prophezeiungen

Ich sehe, ich sehe:

Hinter verschlossenen Türen sehe ich die Menschen sitzen, misstrauend ihrem Nachbarn, auf dass er sie nicht auserspähe in ihren Gedanken.

Und die Menschen werden nicht sagen, was sie bewegt in der Tiefe, sondern nur, was sie kalt lässt an der Oberfläche.

Grüße entsenden sie dann ihren Feinden, auf dass niemand sie anklage der Unhöflichkeit. Und Höflichkeit wird leere Hülle sein und kein Sinn ist zu finden in ihrer Rede.

Loben werden die Menschen ihre Feinde und verhüllen sich vor der Nähe eines Freundes. Und freundschaftslos werden in Einsamkeit fallen die Gestrandeten.

Denn das Meer der Gefühle wird austrocknen, und die unendliche Leere der Wüsten sich breitmachen in der Menschen geheimster Kammer.

Den Kindern werden erzählt werden Geschichten, aber keine Geschichte. Lehren wird man die Kleinen, zu singen ohne Melodie und zu schreiben das, was sie nie gesehen.

Und die Sätze werden geprüft werden, Wort für Wort.

Und findet sich eines, das nicht übereinstimmt mit den Listen, so wird das schreibende Kind gebeten in die Kammer der Lehrer.

Ermahnt wird es werden beim ersten Male und von jeglichem Unterricht ausgeschlossen im Falle der Wiederholung.

Schreibt das Kind aber weiter, nicht achtend aller Strafe, wird man es töten und sagen: »Es war nicht menschlicher Art.«

Und keine Stimme wird sich erheben, dies zu widerlegen.

Mit kleinen Puppen wird man die Kinder lehren, zu unterscheiden ihre Rasse.

Und die schwarzen Puppen kommen in den Ofen, damit Rauch aufsteige, rußgetränkt, ihrer Farbe entsprechend.

Die Gelben wirft man in einen Topf voller Säure, damit zerfressen werde das Angesicht und die Leiber sich gelblich färben.

Die Roten erhängt man vor aller Augen.

Und nur die Weißen stellt man auf in Reih und Glied, damit ein Beispiel ausgehe von den Puppen auf die Kinder.

Doch die Farbe entspricht nicht der Haut seiner Träger, sondern ihrer Seelen. Denn wahrhaft weiß kann auch der Schwärzeste sein, und leuchtend gelb der bleichgesichtige Weiße.

Der Seele Farbe aber wird festgelegt sein im Buch, das geschrieben wurde von denen mit den Stöcken, auf die sie sich nicht stützen, sondern mit denen sie prügeln die Ungehorsamen.

Den Schülern wird man Landkarten zeigen ohne Grenzen. Denn gefallen werden sein alle Nationen, und übriggeblieben nur noch das Reich.

Und geführt wird dieses Reich von alten Frauen und Männern, ein jeder älter denn siebzig Jahr, auf dass sie vergessen haben ihre Jugend. Und die Auswahl geschieht auf folgende Weise: Es tritt zusammen ein Gremium, dem angehören 9 Lahme und 9 Blinde und 9 Sterbende. Und dieser Rat wird befragen jeden, der zur Wahl steht.

Und ihre erste Frage wird sein: »Was spieltest du, Kandidat, als du Kind warst?« Und antwortet der Gefragte: »Ich kann mich nicht erinnern«, nicken zustimmend die 9 Lahmen.

Die zweite Frage wird sein: »Was trieb dich um, Kandidat, in deiner Jugend?« Und antwortet der Angesprochene: »Es ist mir entfallen«, so nicken die 9 Blinden.

Und die dritte Frage wird lauten: »Was erwartest du, Kandidat, von deinem Leben?«. Und antwortet der Kandidat mit dem Satz: »Den Tod«, so nicken die 9 Sterbenden und er ist aufgenommen in den Rat, der führt das Reich.

Einer der Sterbenden allerdings geht hin in das Haus des Vergessens, in welchem der Tod die Feder führt, und wird erschossen noch in der gleichen Stunde.

Auf diese Weise bleibt die Zahl der Räte immer gleich.

Und eine Armee wird es geben aus blutdürstigen Henkern, die die Menschen in Ordnung halten sollen und Gericht über die Frevler. Und das Heer wird aufgeteilt sein in verschiedene Abteilungen, eine jede grausam und mit eigener Art.

So wird es die ›Truppe der Willkür‹ geben, die einfach mordet ohne Grund, auf dass nicht zu viel werde der Menschen Herde, wie es ihre alten Hirten bestimmt haben.

Und eine andere Truppe wird heißen ›Die Vollstrecker‹. Dies werden jene sein, die Jagd machen auf jeden, der Missfallen erregt hat beim Rat.

›Truppe der Vernunft‹ wird eine andere Abteilung heißen, und diese wird töten jeden Denkenden, weil das Denken nur erlaubt ist den Führern, die es aber nie benutzen, weil es unfein gelten wird in diesen Jahren.

Und so wird es noch viele Truppen geben, mit verschiedenen Namen, jede zeugend von ihrer Grausamkeit.

Und ein großes Schild wird aufgestellt sein vor jeder Stadt und vor jedem Dorfe, auf dem in unbeschreibbarer Schrift ein Satz geschrieben steht, den keiner lesen kann.

Und wer sagt, er könne ihn verstehen, wird hingerichtet von der ›Truppe der Vernunft‹, und wer sagt, er wisse nicht, was darauf geschrieben sei, wird getötet werden von der ›Truppe der Frevler‹, denn verboten wird sein beides.

Und alle drei Wochen werden Arbeiter mit blutig geschlagenen Rücken die Schilder auswechseln, weil es so Sitte sein wird.

Und einen Apparat wird es geben, in den jeder seine Hand legen muss und beantworten die Fragen der Offiziere. Und einem Würfel gleich, schlägt ab dem einen die Maschine, dem anderen drückt einen Stempel sie auf, einer anderen aber wird nichts geschehen. Und all dies wird Zufall sein, der aber nicht so genannt werden darf. Große Maschinen wird man aufstellen in jeder Ansiedlung und hineinwerfen wird man kleine Kinder, die die Zahl 3 überschreiten, denn erlaubt sind nur drei Kinder in einer Familie.

Und aus dem blutigen Brei, der aus der Maschine kommt, macht man Futter für die Tiere, die zu halten nur erlaubt ist dem, der sie auch gebraucht.

Roland Reber, 1992

Denn alle Tiere dürfen nur sein zum Essen, zum Gebrauch, und niemals zu des Menschen Gefährten.

Als Erstes wird man die Hunde töten, weil sie nicht ziehen einen Karren und nicht geben Milch oder Fleisch.

Als Zweites wird man töten die Katzen, weil sie zu nichts taugen in den Augen des Rates.

Und nur die Ratten darf niemand anfassen oder töten gar, denn sie werden als heilig gelten in jenen Tagen, weil sie Wappentier und heilig sein werden.

Und ein schwarzes Banner wird wehen über jedem Dorfe und jeder Stadt mit dem Bild der Mutter Ratte, dem Symbol der Macht.

So sehe ich es.

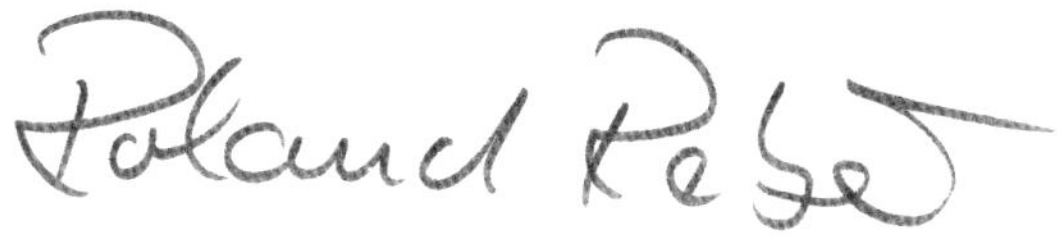

U.M.

Ute Meisenheimer

ILLUSTRATIONEN
Das Buch des Löwen

in Farbe und S/W

(2021-2023)

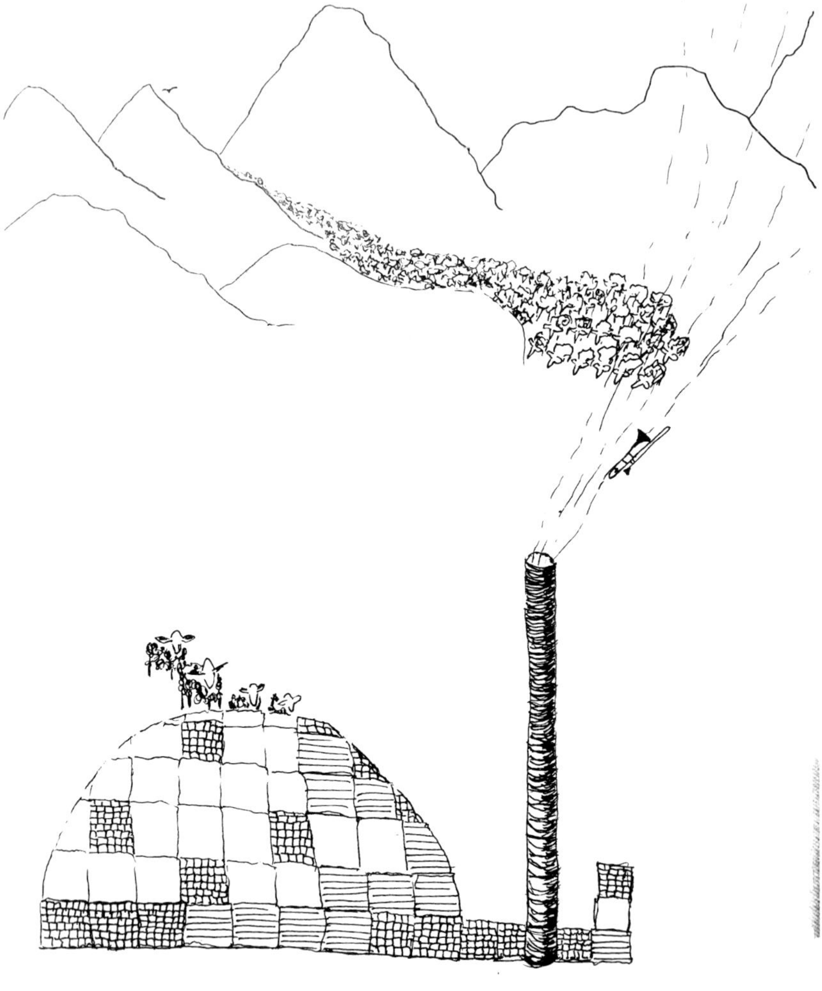

I. 

I.

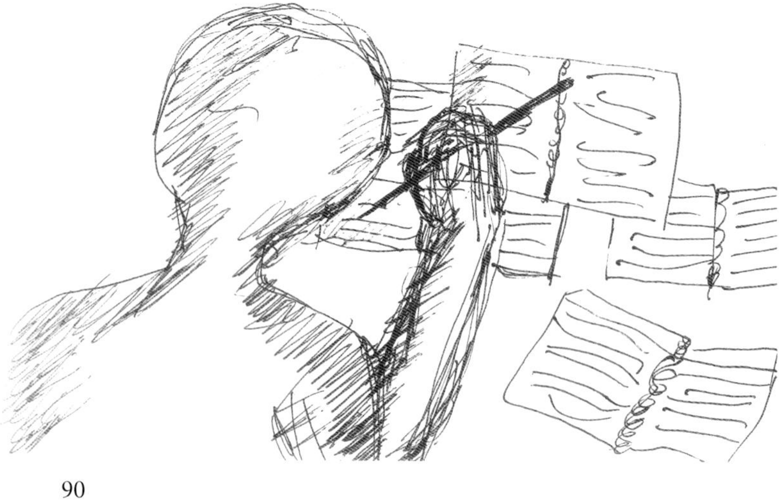

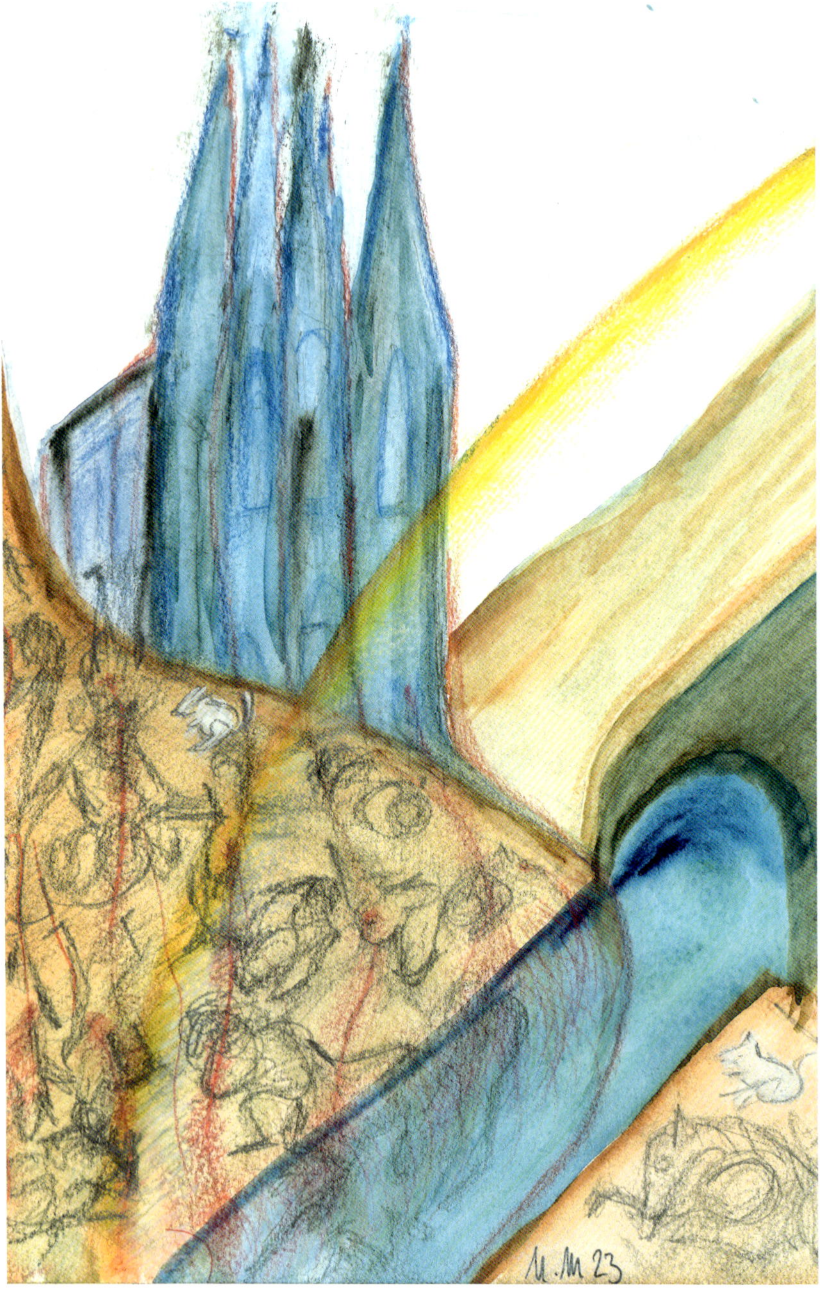

Noch,
ein Gedicht von Ute Meisenheimer, verborgen und überzeichnet in diesem Bild. Es existiert nur in dieser einen Abschrift und in Utes Gedankenwelt. Verborgene Worte, nur gehört von einem blinden Sänger. Und von einem Löwen.

U.M.-23

ILLUSTRATIONEN: Das Buch des Löwen

ÜBER ...

Gedanken

(1978 - 2008)

И.М.23

Über die Hoffnung (Kingston, 1993)

Ich will dir eine kleine Geschichte erzählen über die Hoffnung. Denn die Hoffnung ist etwas sehr Wichtiges.

Wenn wir Menschen keine Hoffnung in uns haben, haben wir auch keine Zukunft.

Die Hoffnung ist wie eine kleine Blume, die aus der getrockneten Erde sprießt. Die Hoffnung ist wie eine regenreiche Wolke über der wasserlosen Wüste. Die Hoffnung ist wie die Melodie, die über der Stille schwebt. Die Hoffnung ist wie das Lachen in der Zeit der Tränen. Die Hoffnung ist wie das Aufgehen der Sonne nach einer dunklen, kalten Nacht.

Und wenn nur Trauer um dich ist, hoffe.

Und wenn nur Kälte auf der Erde liegt, hoffe.

Und wenn der Schmerz dich umfängt, hoffe.

Und wenn du glaubst, es geht nicht mehr, hoffe.

Und sagt die Welt dir einmal: »Du hast doch keine Chance. Spürst du nicht den Mantel aus gefrorenem Schweigen, der auf deiner Schulter liegt?«, dann verzage nicht, denn das Schicksal ist zwar mächtig, aber dein Schutz ist die Hoffnung.

Verliere sie nie.

Hoffe, hoffe, hoffe.

(aus dem Theaterstück *Beyond the Horizon*)

Über das Wissen I (Hattingen,1982)

Ich bin politisch insoweit, indem ich Politik deute in dem Verhalten gegenüber Menschen oder der Gesellschaft. Ich bin kein parteipolitischer Mensch. Weil ich die eine Partei für so versifft halte wie die andere.

Und ich glaube, dass weder eine Bombe noch eine blutige Revolution eine Chance hat. Sie bringen nichts.

Was wir brauchen, ist die Revolution des Geistes.

Wenn es keine Dummen mehr gibt, die man dumm hält. Wenn jeder ein Wissen hat. Wenn jeder sich begreift, wenn jeder die Welt ein bisschen begreift, dann kann man nicht mehr so viele wie Lämmer in den Tod führen.

Und das wird die einzige Revolution sein, die wirklich Erfolg hat. Nicht die Revolution der Bomben, sondern die Revolution des Wissens, die Revolution der Hirne.

ÜBER DAS WISSEN II (Neu-Delhi, 1994)

Als ich jung war, habe ich geglaubt, die Unwissenheit wäre der Grund für das Unrecht, die Ungerechtigkeit, das Leid.

Ich glaubte, wenn die Menschen begreifen würden, wenn sie alle, alle gebildet wären, gäbe es kein Unrecht mehr, keine Ungerechtigkeit.

Ich habe mich geirrt.

Damals dachte ich: »Sie sind nicht ungerecht, sie sind unwissend.«

Manchmal machte ich für mich Pläne, wie das Wissen zu allen Menschen kommen könne. Die Menschen lernen, begreifen - und die Lösung ist da.

So einfach!

Zu einfach!

(aus dem Theaterstück *I thought You had gone as well*)

Über das Glück (Hattingen, 1982)

Ich glaube, es gibt wenige Momente des Glücks. Und ich, in meinem Leben, habe für fünf Minuten Glück mit fünf Monaten Leid und Schmerz und Angst leben müssen. Ich habe also immer bezahlt.

Und ich glaube, dass diese Momente des Glücks so unheimlich selten sind, so unheimlich kostbar auch sind, dass aber der größte Teil dieser Gesellschaft, der größte Teil unseres Lebens aus dem Kampf um dieses bisschen Glück besteht.

Ein ganz banales Beispiel: Es gibt Leute, die müssen elf Monate arbeiten, um einen Monat in Urlaub fahren zu können. Das ist für mich eine Metapher für das ganze Leben. Elf Monate für einen. 23 Stunden für eine Stunde vielleicht halbwegs glücklich sein. Und ich finde, man darf sich davor nicht verschließen.

Man kann sehr glücklich sein, wenn man den Schmutz und die Lüge und all das erkennt und trotzdem glücklich ist. Und ich will, dass die Leute diesen Schmutz sehen und dennoch glücklich werden. Das heißt, nicht *dennoch*, sondern *dann erst* glücklich werden. Denn ich glaube, Glück setzt voraus, dass man das Unglück kennt.

Und das Wissen, es ist schön, setzt meiner Meinung nach das Wissen, es ist nicht schön, voraus.

Und sehr viele Menschen leben, auch durch die Erziehung, durch ihre ganze Biographie, in einem Disneyland, und können deswegen auch nie glücklich werden. Weil sie gar nicht wissen, was Unglück ist.

Und ich glaube nicht, dass meine Stücke resignative Stücke sind, es sind Stücke, die sagen, Leute, freundet euch mit dieser Welt, dieser schmutzigen und harten Welt, an. Erkennt sie, erkennt, dass es trotz allen Schmutzes auch Glück gibt. Aber ihr müsst den Schmutz erkennen. Und das Glück. Denn wenn ihr versucht, nur dieses Glück zu erkennen, dann erkennt ihr nichts.

Man soll weder sagen, die Welt ist nur Dreck und nur Lüge und nur Unglück. Noch sollte man sagen, diese Welt ist nur happy und schön und wunderbar, sondern man sollte beide Dinge erkennen.

Dann erst kann man von sich behaupten:

Ich bin glücklich.

ÜBER DIE LIEBE (Neu-Delhi, 1994)

Jetzt sind alle gegangen.

Ich bin wieder alleine.

Warum sollte ich gehen?

Außen ist wie innen. Jeder Platz ist gleich.

Wohin ich auch gehe, ich bin doch immer bei mir. Ich bin mein eigener Schatten.

Jetzt sind alle gegangen. Und ich wünsche ihnen allen, zu finden, wonach sie suchen.

Lebt wohl, zu allen von euch.

Ich werde euch vermissen.

Ich werde eure rastlose Suche nach ein bisschen Sinn vermissen. Ich werde eure Trauer vermissen, die so viel birgt.

Die Hoffnung stirbt nie einfach, sie verendet, verreckt. Die meisten Dinge enden abrupt. Nicht die Hoffnung. Sie lebt in dir, in den Tiefen deiner Seele. Du denkst vielleicht, sie sei gegangen. Aber dann kommt sie wieder, kehrt zurück, wie ein Fluch.

Wer ist da?

Du?

Du bist hier?

Du warst meine Kraft in den Momenten meines Lebens, als ich unten war. Du warst die Musik meiner Seele, als das große Orchester des Lebens seine herzlosen Märsche spielte. Wie konnte ich nur jemals denken, dass Du mich verlassen hast.

Du warst das Licht in dieser Dunkelheit, die wir Leben nennen.

Nein. Keine Angst. Ich werde Deinen Namen nicht laut aussprechen. Ich bin froh, so unendlich froh, dass Du zurück bist.

Du bist meine letzte Antwort.

Du bist mein Weg.

Ich entschuldige mich.

Entschuldige, wie dumm ich war.

Ich dachte, Du seist auch gegangen.

(aus dem Theaterstück *I thought You had gone as well*)

Über den Frieden (Neu-Delhi, 1994)

Glaubt mir,
wenn wir keinen Frieden in uns finden,
weil wir rastlose Tiere sind,
die nach einem Sinn suchen,
wie sollte dann Frieden in der Welt sein.
Ich habe den Krieg erlebt.
Und es waren nicht die toten Soldaten,
nicht die toten unschuldigen Zivilisten -
Kinder, Frauen, Greise -, die mir
am meisten im Gedächtnis geblieben sind.
Es war die Angst,
das Warten,
die Erwartung.
Und ich habe das Ende des Krieges erlebt.
Und glaubte, das sei der Frieden.
Aber der Frieden ist mehr,
als dass da kein Krieg ist.
Vielleicht ist Frieden nur eine Illusion,
wie so vieles.
Vielleicht sind wir alle noch nicht reif,
die wahre Bedeutung
von Frieden zu begreifen.

Glaubt mir, solange
wir keinen wahren Frieden in uns finden,
so dass unsere verlorenen Herzen einen
Baum finden, der ihnen Schatten spendet,
solange unsere ständig blutenden Herzen
keine Medizin erhalten,
die das Bluten beendet,
solange unsere getretenen Seelen
nicht eine Heimat haben,
in der wir uns wohl fühlen,
die uns wärmt und Trost gibt,
solange,
glaubt mir,
solange
werden wir keinen Frieden finden
in dieser Welt voller Krieg.

(aus dem Theaterstück *I thought You had gone as well*)

Über die Freiheit (Neu-Delhi, 1994)

Freiheit ist ein großes Wort.
Vielleicht zu groß,
als dass wir es benutzen sollten
wie eine billige Ware.
Freiheit ist nicht einfach Freiheit.
Freiheit von was?
Frei für wen?
Es gibt keine Freiheit an sich.
Freiheit ist immer eine Relation.
Oft,
zu oft,
meinen Menschen mit Freiheit
genau das Gegenteil.
Was glaubst du,
wie oft im Namen der Freiheit
Menschen grausam ermordet wurden,
nur um danach zu lernen,
blutig zu lernen für die Hinterbliebenen,
dass die Freiheit, für die ihre Liebsten starben,
nur ein anderes Wort
für die gleiche Unterdrückung war.
Für was frei?
Für wen frei?

Im Namen der Freiheit,
unserer ganz persönlichen Freiheit,
verletzen wir oft Menschen,
die uns nichts Böses taten.
Sei bitte sehr vorsichtig mit
der Freiheit.
Die wahre Freiheit,
ich habe sie noch nicht gefunden.
Vielleicht sind wir Menschen
nicht geschaffen, frei zu sein.
Und ist es so erstrebenswert?
Ich weiß es nicht.
Ich weiß es wirklich nicht.

(aus dem Theaterstück *I thought You had gone as well*)

Über das Schreiben (Lünen, 1985)

Vielleicht ist der Versuch, ein Stück zu schreiben, die lange Version einer Bedürfnisbefriedigung. Nämlich Gefühle begrifflich zu fassen. Was unmöglich ist. Aber gerade der Versuch kennzeichnet unser Sein.

Das Streben nach dem Unmöglichen lässt das Erreichbare groß werden. In dem Weg nach der Vollendung steckt das Leben wie in einem Tunnel. Wie breit oder eng dieser dunkle Gang ist, entscheidet das Maß an Mut, das wir aufbringen, Unmögliches zu verwirklichen. Im Vorgang des Schreibens tasten wir uns immer an unseren Kern heran, den wir nie sehen werden, aber immer suchen.

Den letzten Grund der Dinge zu finden hieße, die endlose Bewegung alles Seienden zu erstarren. Das ewige Gleiten in einen jähen Fall zu verwandeln. Indem wir finden, was vorgeblich wie eine Antwort aussieht, so haben wir doch nur eine neue Frage aufgefunden. Und das ist es, was wir suchen sollten: neue Fragen.

Denn die Antworten von gestern sind die Fragen von heute.

Über das Schreiben (Bombay, 1993)

Warum schreibe ich?

In mir brennt kein Feuer, wie einige Schreiber von sich berichten; noch kann ich ordentlich, d. h. in der richtigen Ordnung, meine Gedanken zu Papier bringen. Vielleicht ist es ein Muss.

Aber bitte nicht falsch verstehen, nicht etwa, dass ich schreiben müsste, weil ein innerer Drang, eben jenes Feuer, in mir ist, sondern weil ich wieder mal ein Projekt angekündigt habe und es geschrieben werden muss, damit die Schauspieler es auf die Bühne bringen können.

Warum schreibe ich?

Es ist keine große Weltpolitik, die zu beschreiben ich mir anmaße, noch sind es geniale Auswürfe; ich schreibe eben, weil ich ein Schwätzer bin.

Manchmal gelingt mir ein guter Satz.

Und wenn ich viele gute Sätze beisammen habe, baue ich ein Stück darum herum.

Über die Wahrheit

Am Tage, an dem wir beschließen, uns nicht mehr zu belügen auf unserer Reise, an jenem Tag, an dem wir müde geworden sind, neue Anstrengung zu machen im Geiste und nach der Wahrheit verlangen, an jenem Tage werden wir schweigen.

»Ich sage Dir die Wahrheit ...«

Ich schlage vor, wir schweigen.

(Versuche, 23. 3. 1978)

Es ist so einfach, die Wahrheit zu sagen, weil sie auf unserer Seele liegt und wir sie nur aussprechen müssen. Es ist viel schwerer, zu lügen.

(Neu-Delhi, 23. 9. 1994)

Was ich sage, ist immer wahr, und wenn nicht, dann ist halt das Gegenteil wahr. Wahr ist etwas auf jeden Fall. Nur der Spießer will Wahrheit im Verhältnis 1:1. Die Lüge von morgen ist die Wahrheit von gestern. Oder anders ausgedrückt: Was gestern wahr war, kann heute schon Lüge werden. Was schadet - ist Lüge, was nützt - ist Wahrheit. Das macht es natürlich schwer, herauszufinden, nie wissend, ist eine Geschichte nun wahr oder erfunden, Mittel oder Zweck.

(Bochum, 9. 4. 1995)

Warum fällt mir die Wahrheit so schwer? Ist es, weil keine Wahrheit in mir ist. Oder ist alles wahr, und ich nur nicht fähig, es zu fassen?

Was ist echt, was ist wahr?

Das Leben als Fragezeichen.

Eine unendliche Kette aus Lügen, die sich zu einer Wahrheit verdichtet?

Worte sind gestorbene Gefühle, aber haben sie je gelebt? Oder ist alles nur Konstrukt, Phantasmagorie eines irrenden Geistes?

Ist das Leben nur die Summe aller Illusionen?

Müssen wir uns nur lange genug belügen, um eine Wahrheit zu schaffen?

Meine Sehnsucht nach Erkenntnis ist groß, mein Vergessen größer.

Sind wir nur Moleküle, die von unserer Selbstüberschätzung geschaffen werden und sich Welt nennen?

Ich weiß es nicht.

(Unterdießen, Januar 2008)

Über das Filmemachen

(Unterdießen, 2007 und 2009)

Es wird ja inzwischen fast jedes Thema in den Medien flachgetreten: Man heiratet im Fernsehen, man kocht, sucht einen Partner, baut sein Haus um, rettet Tiere - alles wird zur multimedialen Show, alles wird inszeniert. Die aktuelle Mediensituation ist nur ein Spiegel unseres eigenen Lebens, das jeder für sich selbst inszeniert, aber halt nicht nach seinen Bedürfnissen, sondern nach dem, was für den Zuschauer bzw. die ›Einschaltquote‹ am wirksamsten ist. Ich mache mir erst Gedanken über eine Bedeutung, wenn der Film im Kino läuft und ich mit dem Publikum diskutiere. Wenn ich von vornherein eine vorgefertigte Interpretation hätte, hieße das dem Film, und letztendlich dem Zuschauer, die Vision der eigenen Gedanken zu nehmen. Ich sehe meine Art des Kinos als ein Abenteuer des eigenen Geistes, das zum Denken provoziert.

Die Arbeitsweise zeichnet sich dadurch aus, dass sie keine ist. Ich lehne es ab, mich selbst in ein Korsett zu zwängen. Und wenn wir dann Interviews geben oder wenn wir vor Publikum sprechen, sieht das immer nach einem Stilmittel aus, sieht das immer nach einem, ja, fast Dogma aus, das ist es aber nicht. Ich wundere mich immer selbst, dass die Filme fertig werden. Ich wundere mich immer, wie sie dann aussehen. Und frage mich immer, wie konnte das passieren? Das ist unsere Arbeitsweise, dass wir keine haben. Kreativität vielleicht. Aber das gehört zu jedem Filmemachen dazu. Sollte es zumindest.

&

wtp-kollektiv

ANHANG

Roland Reber, 2016

Über den Autor

Roland Reber

(* 11.8.1954 in Ludwigshafen - † 11.9.2022 in Unterdießen)

Roland Reber war Zeit seines Lebens Schriftsteller, Schauspieler und Regisseur, ein Rebell, Träumer und Phantast.

Reber begann schon in jungen Jahren mit dem Schreiben von Gedichten, Essays und Theaterstücken. Er machte zwei Jahre lang eine Ausbildung zum Krankenpfleger, bevor er 1976 an die Schauspielschule Bochum (unter der künstlerischen Leitung von Peter Zadek) ging, um Schauspiel zu studieren und sich vermehrt dem Schreiben zu widmen. Er spielte u. a. am Schauspielhaus Bochum, in Essen bei Hansgünther Heyme, in Düsseldorf, Lünen, Kingston/Jamaika, spielte in der SDR-Serie *Die kleine Heimat* an der Seite von Hanns Dieter Hüsch und hatte zahlreiche Gastauftritte mit seiner Interpretation von Dario Fo's *Mistero Buffo* im deutschsprachigen Raum.

Schon in seinem ersten Spielfilm *Ihr habt meine Seele gebogen wie einen schönen Tänzer* von 1979 besetzte er die Rollen sowohl mit Profis, wie Ensemblemitgliedern des Bochumer Schauspielhauses, als auch mit begabten Laienschauspielern. Das Drehbuch diente als Vorschlag, das gesamte Team hatte gestalterisches Mitspracherecht. Diesem Prinzip ist Reber in all seinen weiteren Theater-, Film- und Buchprojekten treu geblieben.

1980 inszenierte Reber am Curio-Haus in Hamburg sein Theaterstück *allsam*, ein erlebtes Beziehungsdrama, das durch die intensive und drastische Darstellung für viel Aufregung sorgte: »Extase, Zärtlichkeit und Grausamkeit« (Hamburger Morgenpost). Der Skandal dieser Inszenierung war die Ehrlichkeit, mit der Sexualität und Gewaltfantasien auf der Bühne dargestellt wurden. Für manche war es pathologisch, für andere großes Theater. Das Theaterpathologische Institut (TPI) war geboren: »So wie in der Pathologie Leichen geöffnet werden, um die Ursache des Leidens festzustellen, will das Theaterpathologische Institut die Krankheit der Gesellschaft und des Theaters aufdecken.« (Roland Reber)
Das TPI, das sich etwas später Theater Institut (TI) nannte, hatte eine feste Spielstätte im Künstlerforum Schulenburg in Hattingen und ab 1985 am Heinz-Hilpert-Theater in Lünen.

Ab den späten 80ern zog es Reber als Theatermacher und privat in Länder wie Ägypten, Mexiko, Indien und vor allem nach Jamaika. Aus dem TI entwickelte sich 1989 das Welt-Theater-Projekt WTP (in Zusammenarbeit mit der deutschen, russischen, karibischen und mexikanischen UNESCO-Kommission im Rahmen der Weltdekade für kulturelle Entwicklung der Vereinten Nationen). Das Ensemble des Welt-Theater-Projektes setzte sich aus Künstlerinnen und Künstlern verschiedener Länder wie Jamaika, Deutschland und Indien zusammen, die im jeweiligen Land die Theaterstücke gemeinsam mir Reber entwickelten und aufführten - Theater als Dialog.

Um die Jahrtausendwende widmete sich Reber wieder ganz dem Film, es enstand die Künstlergemeinschaft wtp-kollektiv, ein dynamisches Team, das gemeinschaftlich Projekte gestaltet und inzwischen aus der Filmproduktion wtp international GmbH und dem wtp-verlag besteht - stets unabhängig, um die kreative Freiheit zu wahren.

Mit seinen Spielfilmen im Gepäck reiste Reber weiterhin um den Globus zu zahlreichen internationalen Filmfestivals, Publikumsgesprächen und Workshops, um über die Filme und seine Art des gemeinschaftlichen, unabhängigen Filmemachens zu diskutieren. Für seine Regie erhielt er sechs internationale Auszeichnungen. Als Stammgast bei den Hofer Filmtagen sprach Reber regelmäßig und leidenschaftlich mit dem Hofer Publikum, selbst als er nach einem Schlaganfall 2015 schon im Rollstuhl saß. Anlässlich seines Todes widmeten die Hofer Filmtage 2022 diesem »Ausnahmekünstler« und »Lebens-Rebell« die Hommage *Roland Reber & wtp-kollektiv*.

Die Veröffentlichung seiner letzten Werke wird er nicht mehr erleben, Reber starb 2022 einen Tag vor Drucklegung seines multimedialen Buches *psst ... Gedichte . Gedanken . Geschichten*, seinem persönlichsten Werk, einer Art Quintessenz seines künstlerischen Schaffens.

Seine Worte und Ideen leben weiter.

»Der Narr stirbt, wer hätte es gedacht,
in einer tränenreichen Nacht.«
(Roland Reber, Ludwigshafen, 30.5.1975)

Roland Reber ... Texte, Theater, Filme

Texte

Gedichte und Essays (1973-2008)
Und suchen stets nach Dir, Theaterstück, Fragment, 1973
Westhold , Romanfragment, 1973
Geständnis eines Schweines, Theaterstück, Fragment, 1973
Stille Nacht, Theaterstück, 1974
… und bleiben doch allein, Drama in 3 Akten, 1974
Ich bin ein Schwein, Theaterstück, 1975
Brasilien, Theaterstück, Fragment, 1975
Elefantenfriedhof, Romanfragment, 1975
Allein, Kurzgeschichte, 1975
Die Unschuldigen, Theaterstück, Fragment, 1975
Ausverkauf eines Helden, Trauerspiel, Fragment, 1976
Die kurze Zeit der Zärtlichkeit, Drehbuch, 1981,
2. Drehbuchfassung 2000
Echnaton, Roman, Fragment, 1987
Das Buch des Löwen, symbolischer Text, aufgezeichnet aus der erahnten Erinnerung, 1992
Das Buch der Prophezeihungen, symbolischer Text, 1992
Zeit zum Schweigen, Drehbuch, Fragment, 1998
Hotel der verlorenen Träume, 1. Drehbuchfassung 2001
2. Drehbuchfassung 2020
Kernow, Drehbuch, Fragment, 2010
allsam, Drehbuchfassung, 2021
Stille Nacht, Hörspielfassung, 2021

Bücher

psst … Gedichte . Gedanken . Geschichten
Lyrik, Essays, Kurzgeschichten
multimediales Buch mit vielen Fotos
und handschriftlichen Originalen
als Hardcover/eBook/Hörbuch
wtp-verlag, 2022

Das Buch des Löwen
symbolischer Text
mit Illustrationen von Ute Meisenheimer
und weiteren Texten
als Taschenbuch/eBook
wtp-verlag ,2023

Die 7 Orte
multimedialer Mystery-Roman
als Taschenbuch/eBook
wtp-verlag, 2024

Theaterstücke (Buch und Regie)

allsam
Uraufführung 5.9.1980, Curio-Haus, Hamburg
und suche stets nach Dir
Uraufführung 1982, Künstlerforum Schulenburg
Herz in Formalin
Solo-Abend, 24.2.1983, Künstlerkeller Hattingen
Hotel der verlorenen Träume
Uraufführung 23.9.1983, Schulenburg, Hattingen
Die Todesrevue
Uraufführung 22.6.1984, Schulenburg, Hattingen
Mein Traum ist nur ein krankes Kind
Uraufführung 7.12.1985, Heinz-Hilpert Theater, Lünen
Merlin oder Die gescheiterte Utopie
Uraufführung 6.9.1986, Heinz-Hilpert Theater, Lünen
Friedrich oder Der Winterkönig
Uraufführung 1987, Heinz-Hilpert Theater, Lünen
Die Raupe versteht den Schmetterling nicht
Uraufführung 19.9.1987, Heinz-Hilpert Theater, Lünen
Die Zeit verschlingt ihre Bilder
Uraufführung 9.12.1988, Heinz-Hilpert Theater, Lünen
(Ägypten-Teil des Welt Theater Projektes)
Stranger than the Moon
Uraufführung 1990, Kingston/Jamaika
(Jamaika-Teil des Welt Theater Projektes)
Ich leb' hier nur noch im Exil
Solo-Abend 1991, Zeche Lothringen, Bochum
Beyond the Horizon
Uraufführung 8.1.1993, Kingston/Jamaika
(Jamaika-Teil des Welt Theater Projektes)
I thought You had gone as well
Uraufführung 4.11.1994, Neu-Delhi/Indien
(Indien-Teil des Welt Theater Projektes)

Filme (Buch und Regie)

Ihr habt meine Seele gebogen wie einen schönen Tänzer
Drama, 1979
Manuel
Kurzfilm-Projekt mit Jugendlichen, 1998, wtp
Der Fernsehauftritt
Kurzfilm-Satire, 1999, wtp
das zimmer
Psycho-Thriller, 1999/2001, wtp
Der Koffer
Kurzfilm-Projekt mit Jugendlichen, 1999, wtp
Sind Mädchen Werwölfe ..?
Kurzfilm-Projekt mit Jugendlichen, 2001, wtp
Pentamagica
Esoterik-Satire, 2002, wtp
The Dark Side of our Inner Space
Thriller, 2003, wtp
24/7 The Passion of Life
Erotik-Drama, 2004/2005, wtp
Mein Traum oder Die Einsamkeit ist nie allein
Dramödie, 2007, wtp
Engel mit schmutzigen Flügeln
Erotik-Drama, 2009, wtp
Die Wahrheit der Lüge
Thriller, 2011, wtp
Illusion
Drama, 2013, wtp
Der Geschmack von Leben
Erotik-Satire, 2017, wtp
Roland Rebers Todesrevue
Medien-Satire, 2019, wtp

Ute Meisenheimer und Lilly, 2022

Über die Illustratorin

Ute Meisenheimer:

(Windach)

»Ich wurde 1965 im Rheinland geboren und wuchs dort auf. Studierte eine Weile Kunstgeschichte und tanzte modern dance in Köln. Dann lernte ich Roland Reber und sein verrücktes Theaterpathologisches Institut in der Hattinger Schulenburg kennen. Also zog ich nach Bochum, um bei ihm Theater spielen zu lernen und an der Uni Film- und Fernsehwissenschaften zu studieren. Über 30 Jahre arbeitete ich mit Roland Reber zusammen und wirkte als Schauspielerin und Produktionsleiterin in zahlreichen Theater- und Filmproduktionen mit. Theaterensembles wie das Theater Institut 1985-89 in Hattingen und Lünen und das Welt-Theater-Projekt (im Rahmen der Weltdekade für kulturelle Entwicklung der UN und UNESCO) 1989-94 in der Karibik, Ägypten und Indien führten mich über viele Jahre auch ins Ausland. Hier arbeitete ich als Aufnahmeleiterin auch an diversen Dokumentarfilmen und Multimediaprojekten mit.

1997 - Umzug nach Bayern. Hier rief ich 1998 zusammen mit Roland Reber und Mira Gittner das Filmproduktions-Team wtp ins Leben. Ich produzierte den international mehrfach ausgezeichneten Spielfilm *das zimmer* (2000/2001), co-produzierte die Komödie *Pentamagica* (2002), den Spielfilm T*he Dark Side of our Inner*

Space, den Kultfilm *24/7 The Passion of Life* sowie einige Kurzfilme. In vielen Filmen der wtp international Filmproduktion wie *das zimmer, Pentamagica, Illusion, Der Geschmack von Leben* und *Roland Rebers Todesrevue* bin ich zudem als Schaupielerin zu sehen.

Seit vielen Jahren arbeite ich selbständig im Bereich Presse- und Öffentlichkeitsarbeit, Filmproduktionsleitung und Eventmanagement als auch als Schauspielerin.

2021 - ein blöder Unfall, mein rechter Arm kaputt, die Hand taub … ein paar lange Monate, um schrittchenweise zurückzukehren. Da habe ich wieder angefangen zu malen und zu zeichnen. Zunächst nur mit der linken Hand, dann mit beiden Händen und inzwischen auch wieder mit rechts ;-)

Ich bevorzuge Acryl, Aquarell, Tusche, Tinte, Bleistifte, Kohle und alles was Spaß macht.«

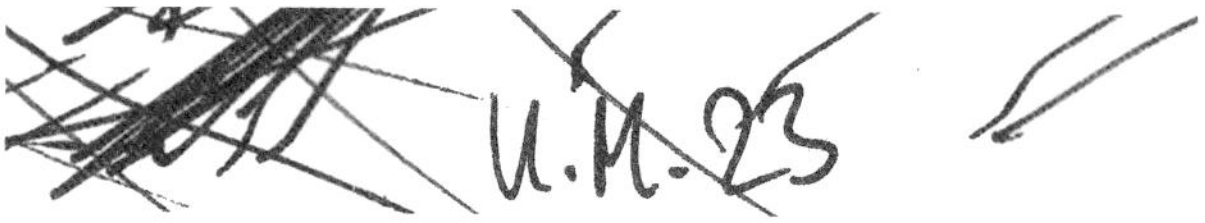

Über das wtp-kollektiv

Das wtp-kollektiv sieht sich als weltweites Forum für Künstler*innen, innovative Techniken und außergewöhnliche Ideen. 2001 bildete sich die unabhängige Filmproduktionsgesellschaft wtp international aus dem Filmproduktions-Team wtp heraus, und vereint nun unter einem Dach Filmproduktion, Vertrieb, Verleih, Label und seit 2022 auch den hauseigenen wtp-verlag mit Schwerpunkt auf multimedialen Büchern.

Buchgestaltung oder Filmemachen als kreatives Abenteuer zu verstehen, ist ein Leitprinzip des wtp-kollektivs.

Die Projekte werden unabhängig und ohne Fördermittel realisiert, um die künstlerische Freiheit zu wahren. Dies ist möglich durch das leidenschaftliche Engagement aller Beteiligten: Entwicklung, Regie, Bildgestaltung, Drehbuch, Lektorieren, grafische Umsetzung der Inhalte, Pressearbeit und Verwaltung sind nicht getrennt, sondern werden vom Team gestaltet. Diese breit angelegte Aufgabenstellung lässt so ein Gesamtkunstwerk entstehen, zu dem jede*r Beteiligte eine vitale, unmittelbare Beziehung hat. Dies ist elementarer Bestandteil des gemeinschaftlichen Produktionsverständnisses.

Durch dieses Teamworking entsteht ein Kollektiv, das sich über Jahre aufgebaut hat und sich fortwährend in einem dynamischen Prozess befindet. Es kommen für einzelne Produktionen Künstler*innen dazu, gehen auch wieder, und ein paar bleiben zusammen und bilden den Kern des wtp-kollektivs.

»… Fundstücke eines unabhängigen Kinos, wie es selten ist in der internationalen Kinolandschaft.«
(Feuilleton, Süddeutsche Zeitung)
»Die in gemeinschaftlichem Engagement hergestellten Filme von wtp international sind längst unverkennbares Markenzeichen geworden.«
(Blickpunkt:Film)
»wtp, das ist eine Art gallisches Dorf der Unbeugsamen mitten im Imperium der Filmindustrie.«
(Passauer Neue Presse)

www.wtpfilm.com
www.facebook.com/wtp.international.filmproduktion
www.youtube.com/@wtpinternationalFilm

ÜBER DEN wtp-verlag

Während der Pandemie war der Wunsch groß, sich weiterhin kreativen Projekten widmen zu können. So entstand die Idee, mit der Kombination verschiedener Medien ganz neue Wege zu beschreiten.

Die Publikation des ersten multimedialen Buches *psst… Gedichte . Gedanken . Geschichten* von und mit Roland Reber war gleichzeitig auch der Anlass, 2022 den unabhängigen wtp-verlag zu gründen.

Autarkie gehört ja quasi zur DNA des wtp-kollektivs.

Diesem Prinzip möchte auch der wtp-verlag treu bleiben und vereint deswegen alles unter einem Dach: Lektorat, Satz und Gestaltung der überwiegend multimedialen Bücher, Presse- und Öffentlichkeitsarbeit.

Denn über allem steht der künstlerische Gedanke, das Suchen und Finden neuer Ausdrucksformen in einer sich ständig verändernden Welt.

www.wtp-verlag.de
www.tiktok.com/@wtp_verlag
www.instagram.com/wtp_verlag

Roland Reber

psst ... Gedichte . Gedanken . Geschichten

ein multimediales Lese-, Seh- und Hörerlebnis von und mit Roland Reber - mit vielen Fotos, originalen Handschriften und biografischen Einleitungen

psst ... das ist die ganz persönliche Sammlung von zum Teil noch unveröffentlichten Texten und Gedichten von Roland Reber, dem »begnadeten Poeten« (Gordon Weaver, Academy/Hollywood) und »lustvollen Agent Provocateur« (Süddeutsche Zeitung).
Sie handeln von Liebe und der ewigen Suche nach ihr, von Heimat, Glück, Verlust und kleinen Revolutionen, aber auch von Tranquilizern und Träumen und der Hoffnung auf eine Welt, in der die Grenzen sozialer und kultureller Schranken in unseren Köpfen überwunden werden können.

»in die leeren gesichter
würde ich gerne leben malen
in die leeren herzen
eine empfindung pflanzen
und in die leeren seelen
einen hauch blasen«

psst ... ist aber auch ein außergewöhnliches, multimediales Lese-, Seh- und Hörerlebnis. Im Buch verteilte QR-Codes führen zu liebevoll restaurierten Audio- und Videoaufnahmen aus vier Jahrzehnten, die den Poeten und Schauspieler Reber in Höchstform zeigen: komisch, leidenschaftlich, verletzlich - und dabei erstaunlich aktuell.
psst ... ist Rebers persönlichstes Werk , eine Art Quintessenz seines künstlerischen Schaffens.

Abends,
wenn die Nebel steigen,
und Dunkelheit
sich auf die Erde legt
wie ein Teppich
aus gefrorenem Schweigen,
will ich gehen,
will ich reisen.

Abends,
wenn die Träume nahen,
und Einsamkeit
sich auf meine Sehnsucht legt
wie ein Raubtier,
das lauert, um zu reißen,
will ich gehen,
will ich reisen.

Reisen in ein fremdes Land,
wo Lachen ist und Heiterkeit,
wo man Zeit nach Lust
und nicht nach Leid misst,
wo der Löwe
nicht das Lamm frisst,
wo die Flüsse
aufwärts fließen
und statt ins Meer
in wolkenlosen Himmel
sich ergießen.

Ob ich glaube,
dieses Land wär existent?
Ob ich glaubte,
so was könnte sein?
Du fragst mich,
Schalk in deinen Augen,
und ich sag Dir:
Nein.

Aber abends,
wenn die Nebel steigen,
und Trauer sich ins Herz mir gießt,
dann reise ich - nur in Gedanken -
dahin, wo ein breiter Strom
in einen wolkenlosen Himmel fließt.

https://www.wtpfilm.com/abends-wenn-die-nebel-steigen/

Engel
mit schmutzigen Flügeln

3 Frauen - Keine Moral
Michaela, Gabriela und Lucy sind Engel des Lasters. Aus Langeweile haben sie den Himmel verlassen und durchstreifen auf ihren Motorrädern die Lande, um ihre Lust zu leben. Um ganz ins Exil-Paradies aufgenommen zu werden, muß Lucy erst noch vor sich und den beiden anderen bestehen.

Rebers offensive Hymne auf die Unmoral sorgte deutschlandweit für Furore. Für die Einen ein *»Skandal-Film«* ***(Bild)***, für die Anderen *»mit das Aufregendste, was das deutsche Kino aktuell zu bieten hat.«* ***(Filmstarts.de)***

FILME MIT KULTCHARAKTER

DVD/BD /Streaming - Programm 2023, wtp international GmbH

Spielfilme

des Regisseurs und Autors

Roland Reber

& wtp-kollektiv

(mehr Infos:

www.wtpfilm.com)

»Eines der entlarvend-ehrlichsten, sowie leichtfüßigsten Gesellschafts-Potpourris aller Zeiten.«

(Deadline FilmMagazin)

Der Geschmack von Leben

Wonach schmeckt das Leben?
Für die lebensfrohe Nikki ist die Antwort klar: nach Lust.
Genussvoll kostet sie das bei jeder Gelegenheit aus. Sie betreibt einen Video-Blog und fährt auf der Suche nach Menschen und deren Geschichten mit ihrem Land-Rover durchs Land.

24/7 The Passion of Life

wurde an Original-Schauplätzen gedreht und provozierte kontroverse Diskussionen bei Publikum und Presse.

Eva begegnet zufällig der Domina Lady Maria. Von der bizarren Welt fasziniert, begibt sich Eva auf die Suche nach ihrer eigenen Sexualität und beginnt eine Odyssee durch die verborgenen Orte der Lust: Domina-Studio, Swingerclub, Stripteasebar.
Eine lyrische Studie über Obsession und Einsamkeit, über geheime Lust und öffentliche Moral:
24 Stunden am Tag, 7 Tage in der Woche. Die Passion des Lebens.

»Der wohl erste deutsche Spielfilm, der sich die Mühe macht, SM so zu zeigen, wie es ist. ... ein Film über den Umgang der Gesellschaft mit Sexualität an sich.«
(Schlagzeilen)

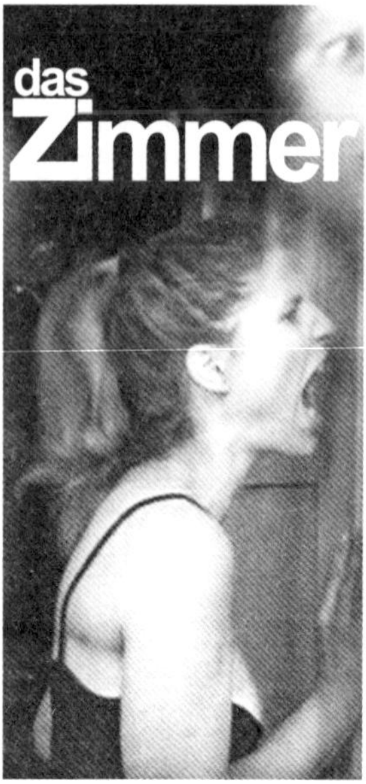

das zimmer

Sophie und Christoph hüten ein Haus mit einem verschlossenen Zimmer.
Kaum haben sie die Aufgabe angenommen, ereignen sich seltsame Dinge im Haus. Zwischen Traum und Realität entwickeln sie ein Labyrinth der Emotionen.
Ein Film über jene geheimen Kammern, die wir hermetisch und kostbar in unserem Unterbewussten verschlossen halten. Eine Reise zu den verborgenen Räumen unserer Seele.

»In dem Werk DAS ZIMMER steckt eine gewaltige und beängstigende Poesie.« ***(arthouse-cinema.de)***

The Dark Side of our Inner Space

Big Brother meets Dschungelcamp: Eine Gruppe begibt sich in eine abgeriegelte Militärkaserne, um das GROßE SPIEL zu spielen, ein Spiel abseits jeglicher gesellschaftlicher Normen und Grenzen.
Was als harmloses Spiel beginnt, endet in einer allzu realen Tragödie.
»Sie hätten sich eine so schöne und erlebnisreiche, lustvolle Zeit bereiten können. Aber sie haben Streit, Intrigen und zuletzt den Tod gewählt.«

»Alle seine Filme sind die Suche nach dem Leben, Identität und dem Selbst.« ***(Daily Bulletin, Kalkutta Film Festival)***

Pentamagica

Alles, Was Sie Nie Über Magie Wissen Wollten

Fünf Frauen versuchen, ihren Alltag durch magische Rituale zu beeinflussen und ihr Leben durch esoterische Praktiken in den Griff zu bekommen: durch Schamanismus, Hexerei, Geomantie, Ritual-, oder Sexualmagie.
Doch die Magie geht immer ihre eigenen Wege. Und das ist die wahre Magie des Lebens.

Eine ironische Betrachtung aller Freizeitesoteriker, die am Wochenende einen Kurs besuchen und am nächsten Tag die Welt erklären.

Die Wahrheit der Lüge

Nichts scheint zu sein, wie es ist. Ein Autor hält zwei Frauen gefangen, um ein Buch über Grenzerfahrung zu schreiben. Um sie an ihre Grenzen zu bringen, foltert er sie geistig wie körperlich. Getrieben von seiner Verlegerin, scheint es ein Kampf gegen die Zeit zu sein, denn eine Countdown-Uhr läuft unaufhaltsam gegen Null. Doch was geschieht, wenn die Zeit abläuft? Grenzerfahrungen sind nur an der Grenze möglich. Aber wo ist die Grenze?

»Eine Art MASTERPUZZLE des Films.« ***(Movieworlds.com)***

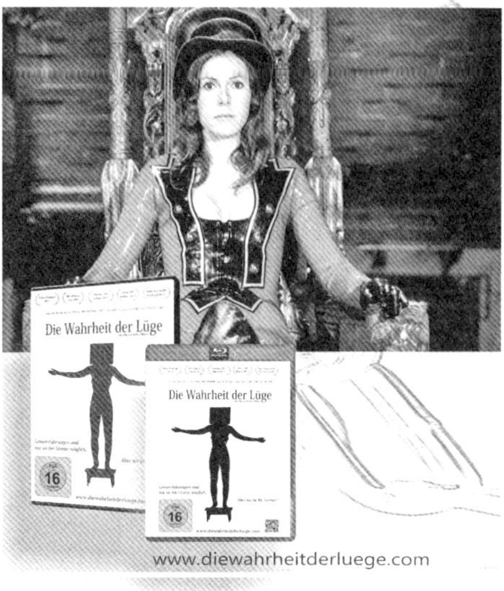

Mein Traum oder Die Einsamkeit ist nie allein

... ist ein bildgewaltiger Reigen in die Abgründe der Seele, ist eine revuehafte Auseinandersetzung mit den Kräften des Be- und Unbewussten und der Einsamkeit seiner im Leben verlorenen Protagonisten, in Szene gesetzt als buntes Potpourri unserer Medienlandschaft. Vom Stummfilm bis zur Talkshow, vom Computerspiel bis zum Bildungsfernsehen - mit einem kritischen Augenzwinkern führt Roland Reber den Protagonisten nicht nur durch seine Gedankenwelt, sondern den Zuschauer auch durch unsere massenmediale Unterhaltungskultur - die Show des Lebens.

»Das ungewöhnliche Werk überzeugt als intelligenter, mit beißender Ironie inszenierter Rundumschlag gegen ein durch Medien, Traditionen, Erziehung und festgefahrene Geschlechterrollen fremdbestimmtes Leben.« ***(filmstart.biz)***

»Der Film ist zugleich eine schrille Nummernrevue, eine beißende Medienschelte, eine philosophische Sinnsuche und ein extrem verfremdetes KUNSTwerk, das nur eines im Sinn hat - das Leben in all seiner Fremdartigkeit, Absurdität und Vielfalt einzufangen und auf die Leinwand zu bannen.« ***(Kino-zeit.de)***

Roland Rebers
TODESREVUE

»Ein schwarzgalliger Kinoreigen rund um den Themenkomplex Sterben und (A) Soziale Medien.« ***(Filmecho)***

Roland Rebers

TODESREVUE

eine Mediensatire

Was ist Leben?
Ist es die Sehnsucht eines Liebenden, die Angst vor dem Altern, der rebellische Kampf für ein würdevolles Sterben oder die Jagd nach den meisten Klicks?
Ist es vielleicht nur eine Show?

ROLAND REBERS TODESREVUE malt ein vielschichtiges Bild vom Sein und reiht das tabuisierte Thema Tod wieder in den Kreislauf des Lebens ein.

»Ein Film über den Tod, der vital wirkt und ohne Millionenbudget großes Kino aufführt.«
(3sat KinoKino)

»Und ich glaube auch, keine Figur zu sein, die später mal erwähnt wird. Nur, ich möchte in meinem Leben den Eindruck haben, ich habe gelebt. Ich habe den Teil erfüllt, den ich erfüllen konnte. Ich glaube nicht, dass ich in diesem Leben noch erlebe, dass die Revolution des Geistes stattfindet, dazu hat die Dummheit schon viel zu sehr gesiegt. Aber es wird sie irgendwann geben. Und in dieser Gewissheit kann ich beruhigt auch gehen, dann.«

Danke,
Roland